AF452092

ACADÉMIE FRANÇAISE.

DISCOURS

PRONONCÉS DANS LA SÉANCE PUBLIQUE

TENUE

PAR L'ACADÉMIE FRANÇAISE

POUR LA RÉCEPTION DE

M. VICTORIEN SARDOU

Le 23 mai 1878.

PARIS

TYPOGRAPHIE DE FIRMIN-DIDOT ET Cie

IMPRIMEURS DE L'INSTITUT DE FRANCE, RUE JACOB, 56

M DCCC LXXVIII

ACADÉMIE FRANÇAISE.

DISCOURS

PRONONCÉS DANS LA SÉANCE PUBLIQUE

TENUE

PAR L'ACADÉMIE FRANÇAISE

POUR LA RÉCEPTION DE

M. VICTORIEN SARDOU

Le 23 mai 1878.

PARIS

TYPOGRAPHIE DE FIRMIN-DIDOT ET Cⁱᵉ

IMPRIMEURS DE L'INSTITUT DE FRANCE, RUE JACOB, 56

M DCCC LXXVIII

ACADÉMIE FRANÇAISE.

M. Victorien SARDOU, ayant été élu par l'Académie française à la place vacante par la mort de M. Autran, y est venu prendre séance le 23 mai 1878, et a prononcé le discours qui suit :

MESSIEURS,

Une année s'est écoulée depuis le jour où vous avez daigné m'appeler à l'honneur de partager vos travaux; et s'il ne m'a pas été possible, à mon grand chagrin, de vous exprimer plus tôt ma reconnaissance, permettez-moi de penser que ce retard n'aura pas été sans profit pour la tâche que j'avais à remplir. A la lecture journalière des œuvres de M. Autran, à la fréquentation constante, assidue de ce rare esprit, je dois de connaître mieux aujourd'hui l'homme et le poète, auxquels je viens ici rendre un double hommage.

1

Il est des écrivains qui attirent l'attention publique par des qualités d'un très-vif éclat. Cette impression subite est quelquefois très-prompte à s'effacer. D'autres se livrent moins, et veulent être un peu forcés dans le sens intime de leurs œuvres ; mais cette habitude familière de leurs écrits devient bientôt la source des jouissances les plus délicates et les plus durables.

Tel est, Messieurs, le poète charmant dont j'ai à vous entretenir. Son talent est le reflet de toute sa vie. Ami de la solitude et de la retraite ; rebelle, — un peu trop peut-être, — à nos idées modernes, dont il ne voit que la turbulence et le fracas ; sévère, jusqu'à la rigueur, envers Paris, où le poursuit la nostalgie de ses chères campagnes, et le désir pressant d'y retrouver le doux loisir de son travail ; fuyant toute charge publique et toute popularité ; étranger à nos débats littéraires comme à nos luttes politiques, non par un détachement égoïste des intérêts du pays, mais par l'heureuse absence de toute ambition, M. Autran est un peu en dehors des choses contemporaines ; et, dans ses écrits comme dans sa vie, il s'est fait une place à part, isolement qu'il convient de respecter. Une seule de ses œuvres osa affronter, un soir, la plus fiévreuse, la plus bruyante de toutes les épreuves, celle du théâtre ; et cette tragédie, toute athénienne, était si peu dans le courant de nos mœurs dramatiques, qu'applaudie avec transport, on l'a vue fuir, et se dérober depuis à tous les regards, comme une nymphe antique, un peu confuse de s'être révélée au public parisien, dans la chaste beauté de sa nudité grecque.

J'ai dit : *grecque,* Messieurs, et j'ai dit : *antique.* Ce sont

bien là les deux termes qui me semblent caractériser ce
génie poétique, tout spécial, et nous expliquer son origi-
nalité. S'il est Français par le cœur et par le bon sens,
la sérénité de ses sentiments et la grâce ionienne de
son style exhalent un parfum classique, qui ne doit pas
nous surprendre. — Comme André Chénier, avec qui il
n'a pas ce seul lien de parenté, M. Autran était Grec
par sa mère ; il l'était aussi par la ville où il a pris naissance.

M. Autran est né à Marseille, en 1813; et son aïeule
maternelle était une Grecque de Smyrne. — Toute sa destinée poétique est dans son berceau.

Marseille, Messieurs, n'a pas tout à fait renié son origine. Les noms de ses plus vieilles rues, le langage de ses
pêcheurs, lui rappelleraient au besoin les souvenirs de l'antique Phocée. D'Ulysse, ce représentant parfait de toute
la race hellénique, elle a conservé l'esprit du négoce, le
goût des explorations maritimes, et l'amour des longs ré-
cits qui les décrivent, embellis de quelques fables. Elle
sait bien qu'elle fut autrefois, pour l'étude de la philo-
sophie et des belles-lettres, la succursale, la rivale d'Athènes, l'école accréditée de la jeunesse de Rome ; et la littérature contemporaine lui doit quelques brillants écrivains,
fidèles au culte des plus beaux modèles de l'antiquité
grecque et latine.

Lorsque je rappelle cette influence persistante de l'em-
preinte originelle, pourrais-je oublier, Messieurs, le grand
homme d'État, qui laisse parmi vous et dans le pays tout
entier un tel vide, qu'en le dissimulant avec peine, il faut
renoncer à le combler ? M. Thiers, lui aussi, était Marseillais

de naissance, et d'origine grecque, par son aïeule maternelle. — Dans l'étonnante souplesse de cet esprit, apte à tout concevoir pour tout élucider, comment méconnaître les dons les plus précieux de la puissante race à qui l'humanité doit ses premiers maîtres, dans la Politique, l'Eloquence et l'Histoire? — N'est-ce pas tout le génie grec, transmis à travers les âges, et se résumant dans un seul homme?

Le père de M. Autran avait beaucoup voyagé sur mer, dans sa jeunesse; et, par une prédilection bien naturelle pour tout ce qui lui rappelait ses navigations lointaines, il avait choisi son habitation sur le rivage, dans la partie la plus reculée du vieux Marseille, au centre d'une petite colonie maritime que des constructions récentes ont dispersée. C'est là que M. Autran fut élevé, entre les bateaux échoués sur la rive et les filets de pêche séchant au soleil, dans cette vie joyeuse de la plage, où les cris même des enfants qui jouent ont des notes plus gaies, plus sonores; souvenirs des jeunes années, auxquels il devra plus tard ses inspirations les meilleures. Jamais son talent n'a trouvé des accents plus personnels que lorsqu'il s'est appliqué à décrire cette mer azurée des côtes de la Provence, dont l'écume a mouillé ses premiers pas, et la grande voix bercé ses premiers sommeils.

D'autres impressions de son enfance ne laissèrent pas dans son esprit des traces moins profondes. La grand'-mère de Smyrne, fidèle aux traditions de son pays, ne lui contait pas l'histoire de *Peau-d'Ane*, mais la fabuleuse conquête de la *Toison d'Or;* ni les aventures de notre *Cendrillon,* mais celle de la *Cendrillon* antique, cette Rhodope

qui fut reine d'Égypte, au dire de Strabon, pour avoir
perdu sa sandale sur les bords du Nil. Plus tard ce fut
l'*Iliade* et l'*Odyssée*. Le poète nous l'apprend lui-même :

> Vous me parliez d'Homère ! . . . . .
> Et moi, sur vos genoux, écolier souriant,
> J'avais déjà l'amour de ce compatriote.

Qu'il me soit permis, Messieurs, de m'associer à ce té-
moignage de reconnaissance ; c'est peut-être à ces contes
de grand'mère que nous devons la *Fille d'Eschyle*.

Je glisserai sur une jeunesse attristée par des malheurs
domestiques, la ruine paternelle et la pauvreté, mais
surtout par de pénibles luttes entre la vocation littéraire du jeune homme et la résistance de ses parents ; car
j'ai hâte d'arriver à la glorieuse intervention qui sut triompher de tous ces obstacles et nous conquérir un poète.

Au mois de mai 1832, M. de Lamartine arrivait à Marseille, où il devait s'embarquer pour son voyage d'Orient.
M. Autran, qui jusqu'alors n'avait publié que quelques
fragments poétiques et divers articles anonymes dans les
journaux de la localité, se fit l'interprète des sentiments
de toute la ville et salua l'arrivée du grand homme par une
pièce de vers que, plus tard, il n'a pas jugée digne de figu-
rer dans ses œuvres complètes : mais le génie est indulgent,
surtout pour l'éloge ; M. de Lamartine souhaita de connaître ce jeune enthousiaste, l'admit dans son intimité et
ne voulut pas d'autre guide que lui pour les excursions
qu'il projetait avant son départ. M. Autran, qui nous a
transmis quelques détails sur ces promenades aux environs
de Marseille, nous montre l'illustre voyageur sous le

charme des traditions évoquées et d'une nature qui ne lui est pas encore familière, s'arrêtant tout à coup, en pleine campagne, et s'écriant : « Admirable paysage !... Quelle majesté ont ces antiques sycomores ! »

Étonné, M. Autran cherche les sycomores et ne voit que de petits mûriers, et même quelque peu rabougris. — Il se tait, par déférence. — Plus loin, exclamation nouvelle! « Ah ! cette fois... cette source limpide!... Cette jeune fille ! C'est Nausicaa ! » — Et il faut bien avouer, ajoute M. Autran, que Nausicaa n'était qu'une bonne campagnarde et la source, un simple lavoir de village.

Ai-je cité cette anecdote, Messieurs, pour le malicieux plaisir de surprendre le génie en flagrant délit d'enthousiasme intempestif? — Vous ne le pensez pas. — C'est qu'elle me semble bien marquer la distance qui sépare ces deux poètes, et que je retrouve toute l'œuvre future de M. Autran dans cette protestation de la réalité contre le rêve. A ses côtés, le grand lyrique, d'un coup d'aile, s'envole, plane, et ne voit plus les choses de la terre qu'à travers une sorte de mirage qui les colore à son gré. — Lui, plus calme, suit, d'un œil un peu surpris, ce vol sublime, qu'il n'a pas l'intention d'imiter. Tranquillement assis au bord du chemin, il contemple cette nature qui s'offre à lui dans sa simplicité rustique et ne voit en elle rien qui le choque : loin de là ! Où le poète des *Méditations* n'admet que des *sycomores* et des *Nausicaa*, l'auteur futur de la *Vie rurale* ne dédaigne ni les petits mûriers rabougris, ni la simple villageoise. Tout cela n'est pas sans mérite à ses yeux, sans charme, que dis-je? sans une certaine poésie. Il ne s'agit que de la dégager pour nous la rendre sensible ; et c'est à quoi il s'appliquera toute sa vie, avec un naturel exquis, une grâce incomparable, et surtout une rare intrépidité de bon sens : n'exprimant rien en fort bons vers qu'il n'ait pensé d'abord en excellente prose !

Une autre promenade eut, sur la destinée de M. Autran, une action décisive. Un soir qu'il errait, au hasard, avec M. de Lamartine, sur le rivage, à la clarté des étoiles, il s'enhardit à lui avouer un rêve caressé depuis longtemps. C'était de composer un poème sur les *Harmonies de la mer*. M. de Lamartine applaudit fort à ce projet et lui fit aussitôt le commentaire de l'œuvre future, avec une ampleur de vues et une élévation de langage qui restèrent à jamais gravées dans l'esprit du jeune homme ; puis, tout à coup : « Ne m'avez-vous pas dit que votre père était « rebelle à votre vocation ? Menez-moi vers lui, que je lui « parle ! » Il parla en effet, Messieurs, comme il savait le faire, et plaida la cause de son jeune ami, et se porta garant de son avenir, avec une telle conviction, que le père de M. Autran ne sut pas résister à cette éloquence qui devait plus tard dominer tout un peuple ; il s'avoua désarmé. Trois jours après, M. Autran suivait des yeux la voile qui emportait M. de Lamartine vers l'Orient, et murmurait tout bas les adieux d'Horace à Virgile. Il retombait dans son isolement, mais désormais affermi dans sa foi, maître de sa vie, et, bienfait plus inappréciable encore, sacré en quelque sorte aux yeux de tous par l'approbation même du génie.

Aussi le voyons-nous, dès lors, résolûment à l'œuvre, Tous les loisirs que lui laisse un modeste emploi à la bibliothèque de la ville, M. Autran les consacre à cette pas-

sion qui désormais lui est permise, et il publie successive-
ment deux recueils de vers : *Ludibria ventis* et *la Mer*,
faibles essais d'un talent qui se cherche encore ; *Millianah*,
inspirée par l'héroïque défense de cette ville ; puis une
ode en l'honneur du 17ᵉ léger, venu d'Afrique sous la
conduite d'un jeune prince qui devait à la gloire des
armes associer plus tard celle qui trouve à vos côtés
sa plus haute récompense. Ces petits poëmes appréciés
familiarisaient le public avec le nom de M. Autran. Ce
n'était encore que la notoriété. — La gloire allait venir.

Par le brillant concours que Marseille apportait à la
littérature contemporaine, avec les Barthélemy, les Méry
et quelques autres écrivains d'un réel mérite, cette ville
était alors, sur la route de l'Italie, comme une sorte d'étape
littéraire, où leurs confrères de Paris s'attardaient volontiers dans une hospitalité charmante. C'est ainsi que
M. Autran se lia d'amitié avec un jeune auteur qui allait
lui donner la célébrité, avant de la conquérir pour lui-
même.

Ce jeune écrivain, vous le reconnaîtrez, Messieurs,
quand j'aurai dit : qu'héritier d'un nom déjà fameux dans
les lettres, il a su le grandir encore par son propre mérite
et prouver que le génie dramatique est un héritage
qui peut se transmettre. Mais, alors, inconscient de sa
propre valeur, tout au plaisir de vivre, et un peu fa-
tigué déjà de ce plaisir-là, il ne se croyait pas destiné à
l'insigne honneur de siéger un jour parmi vous et d'y représenter, avec tant d'éclat, toute une dynastie.

Un soir donc, chez M. Autran ils devisaient ensemble
de leur présent un peu triste, de leur avenir incertain,

lorsque dans un tiroir, par hasard entr'ouvert, le Parisien avisa certain gros cahier qui semblait se dérober à la vue, honteusement, et s'écria en riant :

« Quelque pièce de théâtre, sans doute?

M. Autran en convint, non sans embarras.

« Une comédie ? »

Ce fut en rougissant tout à fait que l'auteur dut se résigner au pénible aveu : »

« Une tragédie. »

Tout autre n'eût pas insisté ; notre Parisien prit bravement le cahier, lut ce titre qui n'avait rien de rassurant :

« *La Fille d'Eschyle.* »

Et dit tranquillement :

« Puis-je lire ?

— Certes, » répondit M. Autran.

Et, d'un œil anxieux, il se mit à guetter sur le visage du lecteur la trace d'une émotion qui se fit toujours attendre.

La lecture achevée :

« C'est bien mauvais, n'est-ce pas ? » dit-il en tremblant.

« Mon cher ami, répondit le lecteur, qui roulait froidement le cahier, j'emporte votre pièce ; je la donne à mon père ; on la joue, et elle a beaucoup de succès. Adieu, je vous écrirai de Paris. »

Il part, laissant M. Autran stupéfait ; et voilà, Messieurs, comment la *Fille d'Eschyle* fut découverte, un soir, à Marseille, et portée à Dumas père par Dumas fils !

A quelque temps de là, une lettre apprenait à M. Autran que la *Fille d'Eschyle* était reçue à l'Odéon : on n'attendait plus que lui pour la mettre à l'étude. Fortune

inespérée, coup de baguette magique qui lui ouvrait
toutes grandes ces portes de l'art dramatique, défendues
par tant d'obstacles. — Mais pour venir à Paris, pour
y séjourner, si médiocres étaient ses ressources, qu'il
dut se résigner à faire appel à un certain oncle, riche com-
merçant, hostile aux travaux littéraires de son neveu, et
qui, en lui signant une traite de quinze cents francs sur
Paris, grommelait tout bas :

« Une tragédie ! — L'avais-je assez prédit que tu fini-
rais mal ! »

La pièce modifiée, répétée, prête enfin à affronter le
jugement du public, était annoncée pour le 24 février 1848.
L'auteur, pour aller au théâtre, le matin, dut franchir les
barricades ; et, sur toute la route, il pouvait lire à côté des
affiches de l'Odéon celles qui conviaient les Parisiens à
une autre tragédie que la sienne. — Il fallut ajourner la
première représentation, qui ne fut donnée que le 6 mars,
c'est-à-dire trop tôt : les voitures circulaient à grand'peine
dans les rues encore dépavées.

Cette représentation, Messieurs, si curieuse et si
triomphante, je suis de ceux qui ont eu le bonheur d'y
assister. La salle était houleuse, inquiète, toute frémis-
sante de l'agitation du dehors, et la curiosité, des plus
vives, mais non pas des plus bienveillantes. La *Fille
d'Eschyle* n'arrivait pas, comme la *Lucrèce* de Ponsard, à
cette heure propice où la valeur d'une œuvre s'accroît de
toute celle qu'on désire lui trouver. On jugeait plutôt
sévèrement la témérité de cet inconnu, qui osait inscrire
en tête de ses personnages : Eschyle, Sophocle, s'obligeant
ainsi à leur prêter un langage que leur génie n'eût pas à

désavouer. Et en effet, Messieurs, l'audace était grande. Eschyle en scène !... Eschyle, le Titan qui, dans cette période presque fabuleuse de la Grèce héroïque, amasse les blocs à peine dégrossis de la tragédie primitive, les entasse, les dispose dans un ordre admirable, et si robuste que vingt siècles ne l'ont pas ébranlé ! — Sophocle, qui, après lui, sur ces fortes assises, dresse les colonnes aux harmonieux contours, les chapiteaux aux justes proportions, et pose le couronnement de l'édifice, où Euripide n'aura plus qu'à sculpter les frises et suspendre les guirlandes, pour nous dévoiler dans sa radieuse et désespérante perfection tout le Parthénon de la tragédie antique !... OEuvre de demi-dieux accomplie en moins de temps qu'il n'en faut à l'enfant pour devenir un homme. Car ces trois génies sont contemporains ; le même soleil les éclaire. Le jour de Salamine, Eschyle est à la bataille ; Sophocle est parmi les adolescents que leur beauté désigne pour danser autour des trophées ; et, au milieu des cris de victoire, un enfant vient au monde : c'est Euripide !

Quelle époque à faire revivre !... quelles ombres à évoquer ! Mais aussi quelle tâche ! Et le choix du sujet n'était pas fait pour la rendre plus facile.

Toute la pièce rappelle en effet une lutte fameuse pour laquelle s'est passionnée jadis la Grèce entière : aux fêtes de Bacchus, le jeune Sophocle ose, pour la première fois, disputer à Eschyle la couronne tragique, et l'emporte sur le vieil athlète, qui, désespéré, s'exile d'Athènes en laissant à la Postérité le soin de le venger.

La Postérité, Messieurs, les confond tellement dans son

admiration qu'elle n'a pas encore osé formuler son arrêt ; et pourtant, si grand que soit Eschyle, si émouvante que soit la douleur de ce Prométhée, qui a dérobé le feu du ciel, révélé aux hommes un art inconnu, et qui, terrassé, a son vautour qui le ronge.... — l'envie !... il est bien difficile de ne pas applaudir, avec toute la Grèce, au triomphe de son jeune rival.

Ce qu'elle salue en lui, c'est un progrès inévitable, attendu ; — c'est la forme plus élégante, l'action mieux ordonnée, la péripétie plus savante, les caractères plus approfondis ! — Mais surtout, c'est l'âme humaine, affranchie des terreurs, des épouvantes sous lesquelles le vieil Eschyle la tenait écrasée. — Ce soldat de Salamine, âpre et rude, est bien le poète d'une génération qu'obsède la menace de l'invasion barbare. L'inexorable fatalité, les divinités implacables, l'homme courbé sous le joug de destinées cruelles, imméritées, voilà ce qu'il chante, forgeant des âmes d'airain pour la lutte, et leur apprenant, si grande que soit l'infortune, à toujours être plus grandes qu'elle !...

Mais Sophocle, ce n'est plus le poète du combat ; c'est celui de la victoire — c'est l'adolescent des trophées ! — La Grèce délivrée respire : commerce, industrie, arts, lettres, tout fleurit à la fois ! C'est l'explosion d'une sève qui n'attendait pour éclater que le ciel sans orage et les dieux plus cléments ! Eschyle était la vieille Athènes, toute de roc ; Sophocle est la nouvelle, toute de marbre. Et la prospérité n'exclut pas les devoirs ; au contraire, elle en impose de nouveaux. Sophocle ne se borne pas à nous montrer ses héros bravant la Fatalité. Il les fait lutter

victorieusement contre leurs propres passions et contre
leurs vices. Comment toute la Grèce n'eût-elle pas acclamé
le poète qui, le premier, osait lui dire qu'après avoir
vaincu sa destinée par l'héroïsme, l'homme avait encore à
triompher de lui-même, par la vertu ?

Dans l'image qu'il nous offre de ces deux grands hommes,
M. Autran a parfaitement retracé ces nuances de leurs
génies, qui sont aussi celles de leurs caractères. — Ce
vieillard sombre et morose, en lutte avec les hommes et
avec les dieux, c'est bien Eschyle. Ce jeune homme beau,
dévoué, généreux, enthousiaste, c'est bien Sophocle.
Seulement, chose inattendue, dans cette œuvre toute à la
gloire d'Eschyle et de Sophocle, l'influence qui domine,
c'est celle d'Euripide.

Et l'on ne saurait trop en féliciter l'auteur ; car des trois
pères de la tragédie grecque, le plus dramatique, c'est lui :
— ce jugement n'est pas de moi, Messieurs, il est d'Aristote ! — Et si Euripide est le plus dramatique, c'est qu'il
est le plus humain.

Quand il arrive, ses prédécesseurs lui ont rendu la
tâche bien difficile. Des dieux et des hommes, ils ont tout
dit : Eschyle a épuisé l'épouvante, Sophocle a épuisé l'héroïsme. — Mais ils ont proscrit l'amour ; Euripide s'en
empare.

En effet, avant lui, dramatiquement, l'amour n'existe
pas. Eschyle, l'Eschyle de bronze, le réprouve. — C'est à
bon droit qu'Aristophane, dans la discussion d'Eschyle et
d'Euripide aux enfers, nous présente l'auteur de *Prométhée*
s'écriant avec une fierté bien étrange :

« L'on ne pourra pas m'accuser d'avoir mis sur la scène

une seule femme amoureuse ! » A quoi Euripide répond :
« Ah ! certes non !... Tu as toujours ignoré Vénus !

— Et je m'en vante, réplique Eschyle ; tandis que, chez
toi, elle est partout. »

Reproche bien fait pour nous surprendre, nous qui fai-
sons de l'amour la condition tellement essentielle de l'œuvre dramatique, que nous ne saurions plus la concevoir
sans lui.

Sophocle fait un pas. Avec la jalousie de sa Déjanire, il
effleure l'amour, mais il s'arrête, et s'en tient à l'orgueil
blessé. Il y a mieux : Hémon, le fiancé d'Antigone, l'aime,
le dit et le prouve, en se tuant pour ne pas lui survivre.
Antigone répond-elle à cette passion ? Nullement. Hémon
lui est assez indifférent. Elle ne lui dit pas un mot dans
toute la pièce, et elle prononce son nom une seule fois.
— La proscription d'Eschyle subsiste : la femme ne doit
pas aimer sur la scène.

Mais avec Euripide, tout change ; — l'amour envahit le
théâtre. Il y règne en maître. — C'est *Phèdre* et sa flamme
adultère, *Médée* et ses fureurs jalouses, Vénus partout, —
mais non pas Vénus seulement : dans sa *Clytemnestre*, sa
Créuse et son *Andromaque*, Euripide nous fait connaître
tous les déchirements du cœur maternel ; dans son
Alceste, l'héroïsme du dévouement conjugal, et dans *Iphi-
génie*, enfin, il nous offre le modèle si parfait de la jeune
fille, que Racine l'égalera plus tard, sans le surpasser.

Ainsi, Euripide, toujours attendrissant, passionné, pathétique, nous révèle tout ce que le cœur de la femme contient
de tendre et de violent, de féroce ou de sublime !...
Avec Eschyle, on tremble ; avec Sophocle, on s'enthou-

siasme ; c'est avec Euripide que l'on pleure. Et c'est avec lui seulement que la genèse de l'art tragique, comme la Création elle-même, s'achève et se complète, — par la femme !

Or, M. Autran, dans l'élaboration de son œuvre, ne dut pas tarder à s'apercevoir que, circonscrite à la lutte des deux poètes, sa fable ne suffirait pas à captiver longtemps le spectateur, et qu'il lui fallait un autre élément d'intérêt plus capable de l'attendrir. Il supposa Méganire, fille d'Eschyle, aimant Sophocle, aimée par lui, placée entre son devoir filial et son amour, sacrifiant l'amour au devoir ; et il eut dès lors un drame fort émouvant ; mais à quel prix ! Une femme amoureuse sur la scène, ô Eschyle !... Et c'est ta fille !...

La rivalité des deux poètes reste bien la pensée de la pièce. — Mais le cœur du drame, c'est Méganire. — C'est sur elle que l'âme se repose attendrie. C'est elle, au dénouement, qui, entraînée dans l'exil paternel, et volontairement séparée de celui qu'elle aime, nous émeut, au point de nous faire oublier combien Eschyle est coupable d'accepter un tel dévouement, et coupable aussi Sophocle de s'être obstiné à sa fatale victoire : en sorte que, des trois personnages, celui qui nous touche et nous charme, c'est Méganire ! — Et Méganire, c'est Euripide ! — Aristote avait donc raison.

Le succès de cette belle œuvre fut considérable, Messieurs ; je n'ai pas à vous l'apprendre. Tout y contribuait, jusqu'aux allusions à la révolution de février, que le public ne manquait pas d'y découvrir dans la bouche de Sophocle. — Il en est une pourtant qui faillit compromettre

la fin du premier acte. — Quand la garde scythe vint
arrêter Eschyle, elle fut accueillie par le cri de : « Vive la
garde nationale ! » — Cette petite manifestation produisit,
à la chute du rideau, une sorte de confusion, que la mal-
veillance se hâta d'exploiter. — Dans l'entr'acte, l'auteur
vit accourir à lui quelques confrères, très-empressés à lui
adresser leurs compliments de condoléance sur « une
« chute, disaient-ils, fort honorable ; et dont il était homme
« à prendre sa revanche. » — C'était aller un peu vite en
besogne ; et le prodigieux succès du second acte coupa
court à ces mauvais compliments. Enfin le magnifique plai-
doyer de Sophocle, en faveur d'Eschyle, souleva de tels
transports que l'acteur dut le redire en entier. Dès lors, le
triomphe était certain ; il fut éclatant. Le public voulut voir
l'auteur. M. Autran allait se dérober à cette ovation ; quelqu'un le saisit, l'enlève, le jette sur la scène, ébloui, effaré ;
et crie en riant : « Le voilà ! » c'était l'auteur d'Henri III qui
le forçait à triompher malgré lui. — Avouons, Messieurs,
à notre honneur, que, depuis Eschyle, la fraternité littéraire
a fait quelques progrès.

Le succès théâtral a ce merveilleux résultat, que d'un
inconnu il fait en trois heures un homme célèbre.
M. Autran se réveilla, le lendemain, acclamé par toute la
presse et connu de tout Paris ; malheureusement ce Paris-
là n'était pas en goût des choses littéraires ; — Juin arrivait, gros de menaces : — les spectateurs se firent tellement rares, qu'après quelques représentations, l'Odéon
dut fermer ses portes, et le triomphateur partit, chargé de
lauriers, léger d'argent, et ne soupçonnant guère que cette
Fille d'Eschyle, qui ne lui donnait pas de quoi payer son

retour, allait, avec la célébrité, lui apporter aussi la fortune.

Comme il débarque à Marseille, quelqu'un saute à son cou :

« Mon cher neveu ! »

C'est l'oncle, qui, sans lui laisser le temps de s'étonner, l'entraîne, et lui fait traverser toute la ville à son bras, criant aux amis qu'il rencontre :

« C'est mon neveu !... vous savez ?... Joseph Autran ! la *Fille d'Eschyle !* »

Trois ans après, l'excellent homme lui laissait en mourant toute sa fortune ; M. Autran, à qui j'emprunte ce récit, le complète par ce petit détail :

« Le testament portait la date du jour où la nouvelle
« de mon succès était arrivée à Marseille... De telle sorte
« que cette pièce me rapportait à elle seule plus que tout
« le théâtre de Corneille et de Racine n'avait rapporté à
« leurs auteurs. »

Elle lui avait déjà valu, Messieurs, une récompense bien glorieuse. Vous aviez admis la *Fille d'Eschyle* à l'honneur de partager le premier de vos prix, avec la *Gabrielle* de M. Émile Augier.

Quelques esprits chagrins ont exprimé la crainte que cette richesse subitement acquise n'ait un peu réprimé l'essor de son génie poétique, et endormi sa verve dans l'heureux loisir de l'indépendance. C'est une question que je m'abstiendrai de discuter. Il est des esprits que la nécessité éperonne ; d'autres, qu'elle abat et décourage. M. Autran, ce doux rêveur, était-il bien fait pour la lutte ? J'en doute fort. — Et il a produit d'assez belles œuvres, dans sa période de prospérité, pour que rien ne nous autorise à la regretter et à décourager les oncles à héritage qui seraient tentés d'imiter un si noble exemple.

Cette fortune, d'ailleurs, eut sur sa destinée l'action la plus bienfaisante. Elle l'affranchit de certains scrupules, dont l'exagération même fait l'éloge de sa probité, et lui permit de s'unir à celle que les grâces de son esprit, autant que la bonté de son cœur, désignaient bien pour sa compagne. Ainsi, la richesse lui assurait encore dans le bonheur domestique la source des inspirations les plus saines, les plus élevées : influence heureuse qui se trahit à chaque page de ses œuvres. — On n'a pas à y chercher la femme, — on l'y trouve toujours.

C'est alors, Messieurs, que parurent ces *Poèmes de la mer*, promis à M. de Lamartine, et dont M. Autran n'avait jusque-là produit que quelques ébauches imparfaites, — œuvre considérable et qui suffirait seule à sa renommée.

Dans une double préface, M. Autran nous dit quel est son but. — La mer n'a jamais eu son poète exclusif, — il veut l'être. — On l'a bien chantée par fragments, par détails isolés, par épisodes ; mais elle n'a pas son poème spécial. C'est ce poème qu'il offre au public, ou plutôt « une série « d'esquisses maritimes, indépendantes l'une de l'autre, « mais reliées entre elles par le lien d'une commune origine.»

Cette absence de poètes maritimes signalée par M. Autran a sa raison d'être : c'est que la mer, qui semble par excellence l'inspiratrice des grandes pensées, ne les a pas plus tôt provoquées qu'elle les absorbe. Son horizon sans limites, son agitation sans but, son chant sans variantes, portent l'esprit à une sorte de rêverie, indécise, confuse, qui ne trouve nulle part à se rattacher aux choses humaines. — Elle enfante les grandes pensées, les berce et les endort.

Pour résister à cette fascination qu'elle exerce, il faut, comme M. Autran, familiarisé avec ses caresses dès l'enfance, s'inspirer d'elle, sans qu'elle vous domine ; et ce mérite rare, personne ne le possède mieux que lui. Armé de cet admirable bon sens que j'ai signalé déjà, ne craignez pas qu'il se laisse emporter au large, avec ces poètes audacieux qu'attirent les gouffres de *l'infini*. Il sait se garder de tout vertige. La mer ne l'intéresse que dans ses rapports avec l'homme ; ce qu'il décrit surtout, c'est le travail, les souffrances des pauvres gens, marins ou pêcheurs, toujours en lutte avec les flots. Cette préoccupation des petits, des humbles, domine toute son œuvre ; et c'est avec raison qu'il s'écriait un jour : « Je ne voudrais que deux mots sur ma tombe : *Exaltavit humiles.* »

D'ailleurs la mer qu'il chante est la plus paisible de toutes et la moins féconde en naufrages. Car c'est en vain que M. Autran inscrit en tête de la première partie du poème : « *Océan !* » l'*Océan* n'y est pas. Même lorsqu'il décrit un voyage imaginaire aux mers glaciales, même lorsqu'il nous montre dans une ode admirable les corps des naufragés roulés sans fin d'un pôle à l'autre, c'est encore et toujours la Méditerranée qui l'inspire ; et par le tour et la sérénité de ses pensées, par les grâces même de son langage, on voit bien que, pour lui, la mer par excellence, la vraie, la seule... c'est ce lac classique, où s'est mirée toute l'antiquité grecque et latine, et qui n'a jamais connu, en fait de monstres, que celui d'Hippolyte.

Aussi bien qu'a-t-il affaire, ce Grec de Smyrne et de Phocée, de l'Océan brumeux, à la bise aigre et dure, au flux et reflux fiévreux, aux falaises brusquement rompues, que la vague bat incessamment et déchire, par un divorce éternel de la terre et des flots? Tout cela, c'est le Barbare, le Germain, le froid, les tristesses du Nord, Ossian et ses brouillards! — Tandis que la Méditerranée, où les promontoires aux pentes mollement adoucies se baignent avec amour sous un ciel toujours pur, c'est Virgile, Homère, Théocrite, Horace, les génies antiques, bleus et transparents comme ses flots; ceux qui ont fixé pour toujours, dans des œuvres parfaites, les règles du goût, de la mesure, de la sobre éloquence; les génies *clairs* enfin, modèles éternels du beau et du vrai, nos premiers maîtres, auxquels il faut toujours revenir.

M. Autran est bien leur disciple. — Non qu'il les imite : mais par la précision des idées, c'est d'eux qu'il procède, et surtout par l'élégance de la forme. Son hexamètre est sonore et bien rhythmé; sa phrase, toujours musicale, se déroule largement, avec une noblesse de contours qui fait penser aux volutes antiques. Mais le naturel, surtout, voilà son plus grand mérite peut-être ! Tel il est, tel il se montre : c'est-à-dire un rêveur aimable, à la mélancolie tranquille, qui cause avec vous simplement et sans emphase. Ce beau livre est, à mon avis, son chef-d'œuvre. Le public, qui associe volontiers le nom d'un écrivain au souvenir de son succès le plus éclatant, voit surtout dans M. Autran l'auteur de la *Fille d'Eschyle*: et l'on ne saurait s'en plaindre; mais je souhaiterais qu'il fût en même temps cité comme l'auteur des *Poëmes de la Mer*.

J'ai rappelé la *Fille d'Eschyle*, Messieurs : on s'est demandé pourquoi M. Autran, après un tel succès, n'avait pas tenté de nouveau la fortune du théâtre; — et l'on est allé jusqu'à poser cette question :

M. Autran était-il auteur dramatique ?

Il semble que cette tragédie même, si justement applaudie, réponde affirmativement; mais, conçue dans un mode étranger, pour ne pas dire rebelle à toute idée moderne, la *Fille d'Eschyle* nous apparaît comme l'une de ces belles restaurations de monuments antiques, que le public admire au point de vue archaïque, sans les accepter précisément comme expression de l'art contemporain. C'est une œuvre d'exception à laquelle il eût été imprudent peut-être de donner une sœur, et qui, mise en dehors de toutes les conditions du théâtre moderne, ne prouve pas absolument la vocation dramatique de son auteur.

Que si nous examinons le volume de *Drames et Comédies*, publié tout récemment, notre doute subsiste, et nous comprenons mieux l'hésitation de M. Autran.

Poète descriptif, c'est-à-dire s'attachant surtout au détail, M. Autran était-il bien dans les conditions requises pour un art qui se préoccupe surtout de l'ensemble, et qui cherche en toutes choses les forts reliefs et les teintes vigoureuses, afin de les accuser plus colorées encore et plus saillantes qu'elles ne sont ? Il y a, de la poésie contemplative et descriptive à l'art dramatique, la différence de l'analyse à la synthèse. L'œuvre théâtrale est surtout œuvre de condensation. L'esprit de l'auteur doit faire toutes les réflexions, son cœur doit éprouver tous les sentiments que le sujet comporte, mais à la con-

dition qu'il n'en donnera au spectateur que la substance.
Telle phrase doit résumer vingt pages, tel mot doit résumer vingt phrases ; c'est au public, qui se fait bien plus
notre collaborateur qu'on ne le pense, à retrouver dans le
peu qu'on lui dit tout ce qu'on ne lui dit pas, et jamais
il n'y manque — pourvu que la phrase soit juste et que le
mot soit vrai.

Quand Racine dit :

Mais tout dort... et l'armée, et les vents, et Neptune,

quel est l'auditeur qui n'aperçoive à l'instant le port, la
ville, la flotte, l'armée, la campagne, la mer, tout le rivage,
toute la côte, un pays entier que Racine lui fait voir
en une seconde, dans un seul éclair de son génie?
Ces dix mots fourniraient au poëte descriptif un déve-
loppement de dix pages; car sa fonction, à lui, est précisément de détailler où Racine résume. On conçoit que ce
sont là deux opérations bien différentes, qui exigent des
facultés spéciales, très-difficiles à concilier chez un
seul homme. Toutes les fleurs que le poëte cueille sur sa
route pour nous les offrir en bouquet, l'auteur dramatique
doit les presser et les fouler pour en extraire l'essence. Je
crois savoir que, pour l'œuvre la plus considérable de son
théâtre inédit, *Don Juan de Padilla*, M. Autran se refusa à
mettre ainsi sa gerbe sous le pressoir : et il fit bien, —
nous y aurions perdu de très-beaux vers.
Et puis, Messieurs, cette nature de poëte, tendre et rê-

veuse, ennemie du bruit et de l'action, se fût-elle bien accommodée de la vie théâtrale, passionnée, fiévreuse, où la lutte est constante ? Lutte contre l'œuvre pour la dompter ; contre l'interprétation pour l'obtenir ; contre le public, pour le convaincre et pour le vaincre. Car il y a combat ; le public résiste : plus il nous a fait bon accueil, plus il se montre exigeant : c'est son droit. Cette lutte sans trêve, il ne faut pas seulement s'y résigner, il faut s'y complaire, par le privilège acquis à toute grande passion d'aimer jusqu'aux souffrances qu'elle impose : et c'est une passion, en effet, et despotique. Le joueur n'est pas plus hanté par les visions du jeu, et l'avare par celles du lucre, que l'auteur dramatique par la constante obsession de son idée fixe. — Tout s'y rattache et l'y ramène. — Il ne voit rien, n'entend rien, qui ne revête aussitôt pour lui la forme théâtrale. — Ce paysage qu'il admire, — quel beau *décor* ! — Cette conversation charmante qu'il écoute, — le joli *dialogue* ! — Cette jeune fille délicieuse qui passe, — l'adorable *ingénue* !... Enfin ce malheur, ce crime, ce désastre qu'on lui raconte, quelle *situation* ! quelle *scène* ! quel *drame* !...

Cette faculté spéciale de tout dramatiser, elle est bien la force de l'écrivain dramatique, mais elle est aussi son tourment : car, ce qu'il conçoit de la sorte, il faut qu'il l'exprime et le réalise : et, bon gré, mal gré, toute sa vie s'y emploie. Vingt fois il vous dira : — « Je suis guéri !... Un public qui n'a de faveurs que pour les spectacles les plus vulgaires !... Une critique, qui n'a de rigueurs que pour les œuvres les plus sérieuses ! C'en est fait ! J'y renonce ! » — N'en croyez rien, Messieurs ; désespoir d'amoureux qui parle de rompre, mais qui n'en veut rien

faire! — Il y a même là une assez jolie scène de comédie...
Il le remarque, et il rentre chez lui pour l'écrire.

A ces traits, Messieurs, reconnaissez-vous l'auteur de la
Vie rurale? — M. Autran vous répond lui-même :

> On dit que le théâtre est le plus beau des arts!
> Je n'ai jamais aimé ce jeu plein de hasards...
> . . . .
> Une fois cependant, une seule..... voilà
> Bien longtemps, j'abordai bravement le théâtre.
> Ce fut un grand succès, dont tout Paris parla ;
> Mais, en homme prudent, je m'en suis tenu là.

Voilà l'aveu, Messieurs. — Possédé vraiment par le démon
dramatique, M. Autran aurait-il eu la force d'être si pru-
dent? — Je ne le pense pas.

D'ailleurs, quelle nécessité pour lui d'affronter ces ha-
sards qu'il redoute? — Sa part n'est-elle pas assez belle?
Outre la *Vie rurale* et *les Poèmes de la Mer,* que de titres
encore à nos applaudissements! — Et *Laboureurs* et *Soldats,*
une idylle qui finit en épopée! Et le *Médecin du Luberon,*
et *Amaryllis,* le roman dans la pastorale! — Et ces *Sonnets capricieux,* si abondants, si faciles, — trop faciles
peut-être ; car le sonnet, ce joyau poétique, veut être
médité plus longuement, ciselé avec plus d'amour: mais
ceux-là rachètent trop de familiarité par tant de belle humeur!... Et ce petit recueil charmant, que l'auteur intitule :
Musique moderne, et dont la verve railleuse atteste la bonté
de son cœur autant que la finesse de son esprit : car, où il
se croit méchant, il est tout au plus malicieux. — Son
aiguillon chatouille, il fait rire ; il ne blesse pas. — Et ces

Chants des Paladins, si éloquents ! Et cette *Fin de l'Épopée,* un chef-d'œuvre ! Que pouvait-il de plus pour nos plaisirs et pour sa gloire ; — et que lui eût donné le théâtre, qu'il n'eût déjà ?

Il avait tout, Messieurs ; la célébrité, l'estime publique, le bonheur intime ; et vous lui aviez décerné le suprême honneur qui consacre tous les autres. Sa vie s'écoulait paisible, enviée de tous, dans une délicieuse retraite, dont l'hospitalité s'ouvrait à tous les mérites, la bienfaisance à toutes les infortunes. Quel homme, plus que M. Autran, méritait le nom d'*heureux*? — Le moment était donc venu pour lui d'acquitter sa part des misères humaines. — Sa vue, depuis longtemps affaiblie, allait bientôt s'éteindre. — Aveugle, lui, ce poète, ce peintre des champs, et des bois, et des vastes horizons, où le ciel et la mer se confondent ! — C'est la surdité de Beethoven ; c'est l'artiste frappé dans l'organe essentiel à sa vie ! — Quelles longues journées d'une morne et accablante tristesse que pouvait seule adoucir la présence d'une femme dévouée et de la fille pieuse et tendre, qu'il appelle son Antigone !

> Viens donc, prends ma main, petite Antigone,
> Guide patient que le Ciel me donne,
> Pour me diriger le long du chemin.
>
> Puisque l'Ombre, hélas ! obscurcit ma voie,
> J'y gagne du moins cette triste joie
> D'avoir plus souvent ta main dans ma main.

Que de fois ce nom d'Antigone dut lui rappeler le triste vers qui est la conclusion d'*Œdipe-Roi* : — « Ne dites

« jamais d'un mortel : — Il est heureux ! — tant qu'il
« n'est pas mort sans avoir connu la souffrance. »

A tant de causes de chagrin d'autres vinrent s'ajouter,
bien inattendues, dans le cours de cette fatale année que
le plus grand de nos poètes a si justement appelée : —
« *l'Année terrible !* »

M. Autran, Messieurs, avait, sur toutes choses, l'amour
et le culte de son pays. — Se figure-t-on bien l'anxiété
patriotique de celui qui a chanté jadis, avec un si noble enthousiasme, nos gloires d'Afrique et de Crimée et qui
maintenant, aveugle, ose à peine interroger ceux qui l'en-
tourent?...

Plus malheureux que nous, il n'a pas la ressource de
l'activité, du déplacement, de l'occupation fiévreuse, pour
se dérober à cette vision du massacre et de l'incendie ;
pour lui la vision est constante, l'obsession sans trêve, le
songe sans réveil ; ses jours sont des nuits !...

Il travaillait cependant. « Il faut travailler, disait-il :
c'est le devoir de tous, plus que jamais ! » Et, non content
de corriger ses œuvres passées, il en produisait de nouvelles, qui rivalisaient avec leurs devancières de vigueur et
d'éclat.

Un jour, il dictait à son secrétaire un petit poème satiri-
que, s'égayant lui-même des gaietés de sa muse. — De la
chambre voisine, celle qui ne cessait de veiller sur lui, entend un éclat de rire..., puis un grand cri : — il était mort !

Ainsi, fidèle jusqu'à la fin à sa destinée antique, — aveugle ainsi qu'Homère, il expirait comme Sophocle, en réci-
tant des vers.

Messieurs, un poète illustre, qui fut aussi des vôtres,

Alfred de Musset, après la lecture d'un livre qui l'a charmé,
s'écrie :

Ton livre est ferme et franc, brave homme, il fait aimer.

C'est l'épigraphe que je voudrais inscrire en tête des
œuvres de M. Autran. Elle en serait le commentaire le
plus exact. — Il fait aimer, — voilà bien la formule de son
talent. — Il fait aimer le commerce des lettres, en nous
prouvant, par son exemple, qu'après avoir été la source
des plaisirs les plus purs, elles peuvent être la consola-
tion des plus cruelles épreuves. — Il fait aimer la nature,
en nous la présentant sous ses couleurs les plus sédui-
santes ; — il fait aimer l'homme, en nous le montrant meilleur qu'on ne le croit ; — la patrie, en nous associant à
toutes ses douleurs, comme à toutes ses joies. — Et enfin
il se fait aimer lui-même, pour tout ce qu'il pense et dit de
vrai, de juste et de bon. — Ne craignons donc pas de
l'affirmer, en dépit du triste vers d'*OEdipe-Roi* : Heureux, malgré ses souffrances, celui qui nous a légué
l'œuvre d'un grand esprit et qui emporte ailleurs, vers
des destinées nouvelles, tous les mérites d'une belle âme !

RÉPONSE

DE

M. CHARLES BLANC

DIRECTEUR DE L'ACADÉMIE FRANÇAISE

AU DISCOURS

DE

M. VICTORIEN SARDOU

PRONONCÉ DANS LA SÉANCE DU 23 MAI 1878.

MONSIEUR,

L'honneur de vous recevoir ne m'était pas échu. Cet honneur appartenait à un homme illustre qui porte en ce moment le fardeau des affaires de l'État. Il ne fallait pas moins que les occupations d'un premier ministre pour vous enlever le privilège d'être complimenté, au seuil de l'Académie française, par un orateur dont la parole eût donné tant d'importance à cette cérémonie et tant d'éclat. Tout ce que vous y perdez, je n'ai pas besoin de vous le

dire et je le sens mieux que personne. S'il ne fallait que
vous faire accueil, j'y suffirais, sans doute, car chacun
de nous a qualité pour vous souhaiter la bienvenue,
mais l'usage ayant prévalu d'exprimer publiquement au
récipiendaire ce qu'on pense de lui, et de violenter au
besoin sa modestie en l'entretenant de ses mérites littéraires, la première honnêteté que je vous dois est de vous
parler de vos ouvrages, et c'est ici que je regrette de n'être
pas plus expert dans votre art.

Pourquoi faut-il que le sort n'ait pas désigné plutôt,
pour suppléer notre directeur, un de ces poètes dramatiques qui étaient hier vos confrères au théâtre, et qui
sont maintenant vos confrères à l'Académie française?
Avec quelle justesse, avec quelle autorité il nous eût parlé
de vos comédies! avec quelle finesse il en eût analysé les
sentiments et débrouillé les intrigues! Dans son éloge vous
eussiez vu revivre vos héros familiers; vous eussiez reconnu
vos intentions les plus intimes, les plis et les replis de vos
plus fines pensées. Il nous eût fait entrer en quelque sorte
dans les coulisses de votre esprit, et pour une fois le
public aurait cru assister à vos pièces derrière le rideau.

Mais que dis-je? ce public, dont je suis, connaît trop
bien vos comédies pour qu'il soit nécessaire de lui en
dire les noms, de lui en rappeler les incidents, les caractères, la mise en scène, et d'en dégager la morale. Vous
l'avez façonné vous-même de longue main à un art dont
vous possédez tous les secrets, l'art de dénouer les intrigues les plus compliquées et de se reconnaître dans
l'enchevêtrement des aventures que font naître les jeux du
hasard et de l'amour. Il sait par cœur les entrées et les

sorties de vos personnages, leurs allées et venues, le comique de leur situation, leur jeu, leur tenue, leurs reparties.
Ce sont pour lui de vieilles connaissances que vos roués,
vos ingénues, vos héroïnes de boudoir, et ces *ganaches* qui
résistent au progrès sans pouvoir résister aux mouvements
d'un bon cœur, et ces amis *intimes* qui sont souvent nos
plus intimes ennemis, et ces anciens camarades dont on
ne sait pas encore le nom, et ces *bons villageois* qui regardent la terre comme leur chose, même lorsqu'ils l'ont
vendue, et ces vieux célibataires, moitié endurcis, moitié
repentis, oiseaux malheureux que gêne leur liberté même,
et qui désespèrent d'entrer dans les cages d'où tant d'autres désespèrent de sortir.

Heureux les poètes qui ont obtenu le droit de bourgeoisie
pour les noms ou les mots qu'ils ont inventés! Un homme
d'esprit, M. Delatouche, me disait un jour: « C'est pourtant
moi qui ai créé le mot *camaraderie* : j'ai un barbarisme au
soleil! » Vous, Monsieur, vous avez au soleil des noms qui
sont devenus typiques, celui des Benoiton, par exemple,
qui florissaient il y a douze ou quinze ans. Charmante
famille, dont la mère n'est jamais chez elle, et dont les enfants sont toujours dehors! Les bébés vont jouer à la
bourse des timbres-poste sous les marronniers des Tuile-
ries : les jeunes garçons se grisent au club des collégiens,
fondent un journal terrible et ne poursuivent plus « Casca-
dette », parce que, les folies de l'amour... ils commencent
à en revenir! Les jeunes filles, bottées, en casquettes et en
toupets rouges, perdent en paris, sur le *turf*, l'argent que
leur père a gagné avec des ressorts élastiques en bois, ou
bien elles commandent, pour aller patiner sur le lac, une

toilette à sensation, la « vivandière », le « guernesey », la
« permission de dix heures »... et toujours elles parlent
argot, parce qu'elles regardent cette jolie langue comme
le français de l'avenir.

Dirai-je la moralité de vos comédies? Elle est aussi
connue que votre habileté à en tisser la trame, à en trouver
le dénouement. Mais ce qui me frappe, c'est que leur
caractère moral ne les a pas empêchées de réussir. Aussi,
dussé-je manquer d'usage en ne médisant point de notre
temps, j'ose avancer que le succès de vos pièces lui fait
honneur. Vous avez su, en effet, nous conseiller la vertu
sans ennuyer personne, et prêcher la morale aux infidèles,
en tenant votre public éveillé et sous le charme.

D'autres, avant vous, avaient formé cette périlleuse entre-
prise : une réaction en faveur des tyrans : je parle des maris.
Vous avez poussé votre pointe de ce côté avec un rare
bonheur. Autrefois, c'était l'amoureux qui avait le beau
rôle au théâtre. Les spectateurs se passionnaient avec lui
et pour lui. La femme désirée était ou une victime intéres-
sante du devoir, ou une coupable aisément pardonnée.
Quand vint la comédie bourgeoise de Scribe, les galants
furent moqués à leur tour, on fit le compte des malheurs
d'un amant heureux, on essaya de décourager l'adultère en
faisant voir ce qu'il en coûte, à l'un de vaincre, à l'autre
de succomber, et combien c'était un mauvais calcul, à tout
prendre, et une maladresse que de porter atteinte à l'honneur conjugal ou d'y manquer. Vous avez abondé dans ce
sens, Monsieur, et, au lieu de rendre enviables ceux qui
aspirent aux « pommes du voisin » et ne trouvent de saveur
qu'au pain dérobé, vous avez décrit avec complaisance

les angoisses qui précèdent et qui suivent une faute : vous avez mis en œuvre toutes les ressources de votre art pour dégoûter, s'il était possible, les amants de leurs poursuites, et les femmes de leur coquetterie.

À vrai dire, si la comédie peut agir sur les mœurs, en faisant peur aux jeunes galants et aux vieux garçons, c'est-à-dire en leur signalant le plus redoutable de tous les dangers, le ridicule, elle est, je crois, impuissante à corriger l'amour, l'amour vrai, celui qui s'attachait comme à une proie au cœur de Phèdre. Celui-là est incorrigible : rien n'y ferait, ni la tragédie, ni le drame, ni le mélodrame, ni la comédie ; rien ne saurait l'effrayer, ni le rire des autres, ni le retour de ses propres déchirements. Mais, combien peu y en a-t-il de ces amours-là ! Que de gens croient aimer qui n'ont dans l'âme que l'émulation de plaire ! que d'adultères par vanité ! que de femmes font ou rêvent des folies dans la seule crainte de n'être pas assez élégantes, assez « bon genre » ! Témoin l'aimable Claire d'une de vos meilleures pièces, *Maison neuve*.

Ce qu'il peut y avoir de douceur et de tendresse au sein du mariage, vous l'avez mis en lumière dans la plupart de vos comédies. *Andrea* nous fait sentir combien il est risible de poursuivre bien loin, sans l'atteindre, ce qu'on a sous la main, sans le voir. Telle scène émouvante de la *Famille Benoîton* nous enseigne que le bonheur domestique n'est pas une de ces plantes agrestes qui fleurissent sans culture. Dans les *Vieux Garçons*, vous peignez au vif, et quelquefois en traits acérés, la triste existence du célibataire qui n'a pour toute compagnie, sur son déclin, qu'une liasse de vieilles lettres où on lui parle d'un amour... éternel ! et dont il ne reconnaît plus même l'écriture ! *Dora* est touchante, elle est adorable, quand un agent de la haute police autrichienne lui parle de fortune, d'opulence, d'avoir un hôtel à soi et le monde à ses pieds, et qu'elle lui soupire cette phrase : « Ah! que j'aimerais mieux être... tout simplement la femme de mon mari, et la mère de mes enfants ! » Savez-vous bien, Monsieur, que c'est un tour de force que de mettre les rieurs du côté de la sagesse, et de réussir au théâtre en ayant contre soi les amoureux, les roués, les grandes et les petites coquettes, les beaux messieurs et les belles dames qui prétendent vivre « la haute vie » !

Eh! mon Dieu! à cette société que vous fustigez avec tant d'esprit, que vous amusez à ses propres dépens, il ne manque peut-être qu'une qualité qui rachèterait à elle seule bien des défauts, le naturel. Ce n'est pas à vous que cela pouvait échapper. Quand les civilisations vieillissent et sont à la veille de se renouveler, l'affectation se met partout; elle entre dans les relations, dans les mœurs, dans le langage, dans le style, dans le vêtement. Celui-ci affecte la dévotion : celui-là, pour se donner un air profond, affecte la peur de l'avenir; cet autre affecte des opinions aristocratiques, pour qu'on le croie de bonne maison. Il en est qui, voulant passer pour des hommes *essentiellement pratiques*, — c'est le mot du jour, — affectent de regarder toute poésie comme une divagation, tout sentiment comme un danger, toute éloquence comme une déclamation vaine, et qui feraient le même cas des beaux-arts, s'ils n'avaient reconnu qu'on y peut trouver, après tout, un placement comme un autre. Il en est qui, afin de se rendre intéressants, gémissent sur la délicatesse excessive et maladive d'un tempérament, qui est d'ailleurs parfaitement équilibré. A l'époque où je sortais du collège, il fut quelque temps du meilleur ton d'anticiper sur la vieillesse et de s'en faire une imaginaire. A vingt ans, on commençait à se dire blasé ; à vingt-cinq, on était las de la vie, comme si le corps, — on disait alors le fourreau, — eût été consumé secrètement par une âme incandescente.

Bientôt, cependant, l'esprit changea de marotte et se jeta dans un autre extrême. Il fut bien porté d'être bien portant. On se disait volontiers bâti à chaux et à sable, on se vantait d'avoir une santé de fer, des muscles d'acier, le jarret infatigable, le pied sûr et sec. Et, pendant ce temps, la bonne et simple nature refusait la caducité aux vieillards artificiels, et reprenait ses droits sur les Hercules factices, en attendant qu'ils redevinssent ce qu'on appelle les « petits crevés ».

Ces travers, dignes de vos ironies, vous les avez raillés dans quelques-unes de vos pièces, notamment dans les *Femmes fortes*, dans l'*Oncle Sam* ; vous avez peint aussi, dans cette cousine de Monsieur Tartufe, que vous appelez *Séraphine*, le désintéressement d'une dévote qui, pour mieux expier ses fautes, les fait expier à sa fille. Mais il faut dire que, parmi les femmes de notre temps, les travers de ce genre sont en général passagers. Elles n'ont de bien durable que leurs affectations en matière de parure. Leur façon d'être « précieuses » n'est plus aujourd'hui dans la conversation, mais dans la traîne. Leur manière d'être « savantes » ne consiste plus à entendre le grec et à « parler Vaugelas », mais à se rendre ultra-désirables, en vertu de ces modes, bouffantes ou collantes, dont on abuse si vite.

tantôt pour appeler l'attention sur ce qu'on a l'air de couvrir, tantôt pour faire montre de ce qu'on devrait dissimuler, de ces attraits qui, selon le vers de Panard,

> A force de parler aux yeux,
> Au cœur ne laissent rien à dire.

Quand on s'entretient de vos comédies, Monsieur, on devrait plutôt les appeler des drames, ce me semble, car l'émotion y tient souvent plus de place que le rire. Vous passez facilement de la gaieté au pathétique, et par là vous êtes bien de votre siècle : vous appartenez bien à la famille dont la souche est Diderot. Par là vous vous rattachez à cette littérature, renouvelée par un poète de génie, qui, dans la tragédie de Ruy Blas, fit entrer de plain-pied la comédie, la comédie picaresque, avec « sa cape en dents de scie et ses bas en spirale ».

Les anciens ne connaissaient pas ce mélange de rire et de pleurs, et ceux de nos modernes qui sont déjà des anciens pour nous, ont été franchement comiques dans leurs comédies, et rien de plus. Je ne sache pas que les honnêtes gens, comme on disait alors, aient jamais versé des larmes aux pièces de Molière, ni aux *Plaideurs* de Racine, ni au *Menteur* de Corneille. Il était réservé à ceux qui eurent le pressentiment de la Révolution française, et à ceux qui, nés pendant ou après la tempête, avaient eu là leurs origines intellectuelles et morales, il leur était réservé de modifier par de nouveaux éléments le génie comique de notre nation, et d'inventer ce genre mixte dans lequel on se sert tour à tour des deux masques que les muses du temps jadis ne consentirent jamais à échanger. Le bouleversement des vieilles catégories, la confusion des classes, le nombre toujours croissant de ces unions imprévues qu'on traitait de mésalliances, la tourmente qui avait fait monter le fond à la surface du fleuve et sombrer ce qui flottait au dessus, tout cela devait produire et a produit des pièces à la fois comiques et touchantes, telles que vous les concevez : les *Intimes*, les *Ganaches*, les *Vieux Garçons*, *Maison neuve*, *Dora*, *Fernande*, et les *Bourgeois de Pontarcy*, votre dernier ouvrage, si vivement attaqué par la critique, si heureusement défendu par le succès.

Il est même à remarquer que vos plus belles scènes, celles que vous avez le mieux préparées et qui ont le plus d'éclat, sont des scènes dramatiques, après lesquelles on est peu disposé à rire. On pourrait croire, si vous n'aviez pas tant d'esprit et un esprit si fûté, que le drame était votre vocation, et la terreur votre élément, à voir comment, dans les cinq actes de *Patrie*, vous avez soutenu le ton et l'action tragiques, multipliant sans faiblir les tableaux pleins de violence et d'horreur, traçant de fiers caractères, et intéressant toutes les âmes françaises à l'héroïsme d'un peuple, dont les malheurs sont devenus pour nous un spectacle douloureux et une allusion poignante.

Mais j'en reviens à vos comédies. Une des choses qui les caractérisent, c'est l'art que vous y apportez, d'user de petits moyens pour arriver à de grands effets. Parmi ces moyens, il en est un, — la lettre, — que vous employez de préférence et toujours avec bonheur. La lettre ! elle joue un rôle décisif dans la plupart de vos intrigues, et tout y est considérable, le contenant aussi bien que le contenu. L'enveloppe, le cachet, la cire, le timbre-poste et le timbre de la poste, et la teinte du papier, et le parfum qui s'en exhale, sans parler de l'écriture, serrée ou lâche, grossoyée ou menue, ... que de choses dans une lettre, maniée par vous, peuvent être des indices redoutables qui trahissent les amoureux, dénoncent les traîtres et avertissent les jaloux !

Ici, — dans les *Pattes de mouche,* — l'intrigue tient à une lettre, dont la découverte serait un désastre. Après être restée longtemps cachée sous un buste en biscuit de Sèvres, cette lettre donne les plus amusants frissons au spectateur, qui la voit se changer tour à tour en allumette à demi brûlée, en cale de guéridon, en bouchon de fusil, en cornet à scarabée, ... que sais-je encore ? jusqu'à ce que, au moment d'être consumée par le feu, elle devienne comme le brouillon d'un contrat de mariage, auquel personne ne songeait, pas même ceux qui se marient. Là, c'est un papier glissé dans l'enveloppe d'une lettre écrite par l'innocente *Dora,* qui donne lieu à cette situation d'une beauté si pathétique, où l'aimable fille, outragée par un soupçon avilissant, refuse de se justifier quand tout l'accuse, et s'évanouit exaspérée d'une injustice qui est une honte. Dans votre comédie de *Fernande,* où vous avez si bien peint la distinction exquise d'une jeune âme qui s'est conservée pure au milieu de toutes les impuretés d'un affreux tripot, votre héroïne, à la veille d'épouser un gentilhomme, le marquis des Arcis, lui écrit une lettre pour avouer les ignominies qu'elle a traversées sans en être moralement salie ; mais cette lettre, interceptée par une ancienne maîtresse du marquis, n'arrive pas en temps utile à sa destination, et le marquis apprend, quand il est trop tard, que son mariage le déshonore. Cependant, comme Fernande lui avait loyalement révélé *avant* ce qu'il n'a su qu'*après,* il consent à tout ignorer, il veut oublier tout, il se persuade aisément qu'il doit aimer celle qu'il aime, et voilà une lettre qui, pour avoir été d'un jour en retard, fait le bonheur d'une fille qu'une flétrissure involontaire n'empêche pas d'être ravissante.

Ah ! la femme égarée, la femme déchue en dépit de sa volonté, malgré son âme, la femme coupable même, vous ne la condamnez pas sans merci ; vous avez pour elle un cœur pitoyable ; vous ne dites point, comme l'a dit un des maîtres de votre art, vous ne dites point : « Tuez-la ! » vous dites : « Pardonnez-lui », et cela est bien, car l'humanité fait partie de la justice. Assez d'autres les accablent, les Samaritaines, assez d'autres leur jettent la première pierre et la dernière ! Vous avez fait entendre, en plusieurs endroits de vos ouvrages, que la société, avant d'exercer le droit de censure, avait bien quelques devoirs à remplir. Vous avez senti, vous avez exprimé combien sont ridiculement cruels envers les femmes, ceux qui, après les avoir entourées de pièges, s'étonnent de les y voir tomber, ceux qui s'indignent, là où ils ont conseillé le vice, de ne pas trouver la vertu, ceux, enfin, à qui tous les péchés paraissent mignons, quand c'est pour eux qu'on les a commis, mortels, quand c'est pour les autres.

Vos comédies, Monsieur, je n'ai pu les voir jouer, je n'ai pu les lire, sans me reporter, moi aussi, au théâtre antique, non pour y chercher des similitudes, mais, au contraire, pour remarquer les différences profondes qui séparent les siècles, les temps et les mœurs. Autrefois,

le poète comique, se prenant pour un officier de la police
morale, appréhendait au corps quiconque était surpris en
flagrant délit de ridicule. Il le traînait au tribunal du théâtre et le faisait comparaître devant ses juges, palpitant,
ahuri, confus de son identité reconnue, et grimant sa propre
caricature, tandis que le peuple athénien, — celui qui a donné
son nom à l'atticisme, — applaudissait à des satires san-
glantes, souvent obscènes, sans paraître se douter que ses
applaudissements déshonoraient Euripide, insultaient So-
crate. Chose singulière et bien difficile à concevoir ! Dans
le temps même où le sculpteur grec généralisait les formes
humaines, ou plutôt y cherchait la vérité générique,
pour les rendre dignes de revêtir les essences divines,
lorsqu'il tempérait les accents de la vie individuelle,
pour transfigurer en Jupiter tel magistrat de l'Aréopage,
ou en Mercure l'éphèbe élégant qu'il avait vu passer dans le
Céramique, Aristophane faisait descendre la comédie jusqu'à la personnalité : il nommait hardiment ses victimes, il
les représentait lui-même et les mimait avec leur masque
sur le théâtre, ajoutant ainsi l'audace de son courage à
toutes les audaces de sa pensée et au cynisme dionysiaque
de ses tableaux. Mais bientôt, le scandale des portraits
parlants et agissants sur la scène, du vivant même des ori-
ginaux et en leur présence, dut être réprimé. La comédie
fut heureusement condamnée à voir les choses d'assez haut
pour ne plus distinguer les individus, à ne mettre en action
que des figures typiques, à peindre tout le monde sans
nommer personne, de manière à n'affliger personne en
faisant rire tout le monde. La France, qui se pique d'avoir
en cela plus d'atticisme que la Grèce contemporaine d'Aris-

tophane, ne tolère pas facilement, au théâtre, des allusions qui seraient trop transparentes. Elle admet que l'on fasse de Tartufe, des substantifs et d'Harpagon, et d'Agnès ; elle n'admet pas qu'un nom propre soit caché sous un nom de fantaisie. A ce propos, Monsieur, je serais tenté de vous faire une grosse querelle, ou du moins de vous adresser quelques remontrances un peu vives, — cela ne serait pas sans exemple ; — mais, toute réflexion faite, j'aime mieux me taire et m'adjuger ainsi le bénéfice du proverbe arabe, qui m'avertit que mes paroles, à supposer qu'elles fussent d'argent, ne vaudraient pas, en cette rencontre, le silence, qui est d'or.

Il faut pourtant quelques épices, même aux aliments de l'esprit, même aux éloges que vous méritez si bien et qu'il m'est si agréable de vous adresser. Vous me pardonnerez donc de les relever par l'assaisonnement d'une légère critique. Un de nos confrères (1) a dit : « La critique est une lime qui polit ce qu'elle mord. » Ici, Monsieur, la lime polit peut-être : elle ne mord jamais. Laissez-moi donc vous dire que vos rares incursions dans le domaine de la politique n'ont pas été toujours heureuses et n'ont rien ajouté d'ailleurs à vos talents ni à votre renommée. Plus d'une fois, votre plaisanterie, d'ordinaire si bien affilée, y a émoussé sa pointe. Votre crayon, partout ailleurs si fin et si ferme, s'écrase sur le contour quand vous dessinez des profils dans un monde qui n'est pas le vôtre, aux États-Unis ou à Monaco. Il y a en vous

(1) M. Legouvé.

du Gavarni : vous avez trop de grâce pour imiter la touche
pesante, mais puissante et tragique, de Daumier.

Sans doute, la littérature dramatique n'est pas faite
pour les traits déliés, pour les finesses, pour les nuances.
Il y faut même un certain grossissement des choses morales, calculé sur le nombre des spectateurs et sur l'éloi-
gnement des intelligences arriérées. Le spectacle des idées,
comme celui du décor, ne peut être bien saisi qu'à la condition d'être peint à large brosse et avec des couleurs un
peu chargées. Mais la caricature, quoi qu'en dise l'étymo-
logie, est quelque chose de plus que l'exagération de la
vérité. Il me semble que, dans votre peinture des mœurs
américaines, peinture si mordante, si incisive, en ne montrant qu'une des faces du vrai, vous l'avez quelque peu
altéré. Je m'attendais à voir éclater, dans l'*Oncle Sam,* le
contraste prodigieux qui caractérise les Américains des
États-Unis, ce peuple étrange, unique, dont il n'y a pas
d'exemple, mais qui aura peut-être des imitateurs, ce
peuple chez lequel on peut associer l'illuminisme avec
la réclame, être à la fois mystique et retors, visionnaire
et teneur de livres, et qui trouve tout simple qu'on ait
profité de quelques pages, restées blanches, dans un
livre de théologie, pour y annoncer le *vermout indien.*
Ces violentes oppositions auraient pu fournir, à un esprit
tel que le vôtre, des scènes d'un comique irrésistible,
sans empêcher de rendre justice à cette nation jeune,
audacieuse et forte, prompte à l'enthousiasme, dédai-
gneuse du danger, à cette nation que rien n'étonne de ce
qui est grand, et à qui rien ne paraît plus facile que l'im-
possible.

J'en ai fini, Monsieur, avec les quelques observations qui m'étaient permises. Aussi bien, ce n'est pas nous qui entendons nier la liberté de l'imagination, nous qui avons si longtemps revendiqué la liberté de penser, la liberté d'écrire, ces libertés, qui maintenant conquises, le sont pour tout le monde.— Mais je n'en ai pas fini avec les éloges que je vous dois, au nom de notre Compagnie. Votre modestie n'est pas encore au bout de ses peines. Je veux parler d'un genre de mérite que vous possédez au dernier point, l'observation du costume et le talent de la mise en scène. Ce talent est peut-être trop vanté aujourd'hui ; mais il faut avouer que nos pères en faisaient trop peu de cas, lorsque Molière leur jouait ses premières pièces, rue de Buci, avec une tapisserie, deux violons et quelques chandelles. J'admire la savante distribution de l'appartement où se meut l'action de vos personnages, les soins que vous apportez à les mettre chacun à leur place, à choisir le mobilier qui les entoure et qui est toujours, non-seulement du style voulu, cela va sans dire, mais significatif, expressif, propre à concourir aux péripéties du drame. Vos meubles, vos accessoires sont tantôt des moyens pour amener un tête-à-tête, masquer une déclaration, favoriser le glissement d'un billet, faciliter un évanouissement, ou cacher le cadavre d'un amoureux ivremort, tantôt des témoins muets, apostés pour accuser une trahison, pour révéler un secret... Et, par exemple, quel redoublement d'émotion, quand le spectateur aperçoit, par une porte entr'ouverte, la chambre nuptiale de Dora, faiblement éclairée, au moment où la jeune mariée se débat, le soir même de ses noces, dans une situation si déchirante !

Sans être acteur dans vos pièces, comme le fut Plaute

dans les siennes, comme l'a été Molière, vous pourriez être directeur de troupe, régisseur, metteur en scène, tant vous avez étudié les tenants et aboutissants de votre art! Quand on jouait *Monsieur Garat*, où vous eûtes la chance d'être interprété par une comédienne de génie; quand on jouait les *Merveilleuses*, où l'on voit que vous connaissez si bien leur manière de s'habiller tantôt « en fourreau de gaze », tantôt « en costume de statues », et l'accoutrement et les mœurs des muscadins à cadenettes, engoncés jusqu'aux lèvres dans leurs cravates, armés d'un bâton rustique, comme des toucheurs de bœufs, j'ai compris à quoi vous servait d'être un amateur d'estampes, d'avoir réuni une collection sans pareille de dessins par Eisen, Gravelot, Marillier, Saint-Aubin, et de ces gravures, devenues introuvables, qui furent mordues à l'eau-forte, burinées ou imprimées en couleurs par nos charmants maîtres du dix-huitième siècle, depuis Larmessin, Tardieu et Surugue, jusqu'à Debucourt et Duplessis-Bertaux.

On attache maintenant beaucoup d'importance, je crois même une importance excessive, à la fidélité irréprochable du costume, à l'exactitude archéologique du décor et à tout ce qui compose le mobilier de l'histoire. On veut pousser l'illusion jusqu'au bout, et qu'à cette fin tout soit estampé sur le vrai et d'une ressemblance criante. Mais n'est-il pas à craindre que cette vérité à outrance ne finisse par élever au rang des choses principales ce que nos pères appelaient les *accessoires*?

Passe encore d'être rigoureusement exact, quand on met en scène des comédies comme les vôtres, dont l'action se passe de nos jours et dans notre pays. Mais, quand on évoque des personnages antiques, Hermione, Oreste, Pyrrhus, on aura beau faire dessiner par un architecte savant une image vraisemblable du palais d'Agamemnon à Mycènes, ou du palais de Ménélas à Lacédémone, on aura beau nous transporter dans les temps héroïques, au pied d'un temple d'architecture trapue et rude, orné de triglyphes et de métopes à jour, on ne sauvera point ce qu'il y a d'étrange à entendre le fils de Clytemnestre et la fille d'Hélène parler le français de Louis XIV et scander les vers de Racine. L'affectation d'être vrai, partout où la vérité est possible, rend le mensonge intolérable partout où on ne peut l'éviter, de sorte que plus on diminue la part de la convention au théâtre, plus le spectateur devient exigeant sur tout le reste. C'est la pensée qu'exprimait finement le peintre Gros, lorsqu'il disait à un de ses élèves : « Mon ami, prends garde à ne pas mettre trop de détails, parce que, si tu en mets trop, il n'y en aura plus assez. »

Ces personnages antiques dont je parlais tout à l'heure, la génération à laquelle vous appartenez les a fait quelquefois reparaître sur la scène, mais, hélas! pour les bafouer en prose et en vers, les parodier en musique, les travestir, les avilir. Il y eut un moment où je ne sais quel air malsain souffla sur notre littérature. L'Europe fut avertie que les beaux dieux d'Homère, les héros d'Eschyle et ce divin poète, qui, à une époque mystérieuse, fut déchiré par les bacchantes, étaient sur nos théâtres l'objet des plus plates bouffonneries, et qu'on y offrait ce régal aux touristes élégants, comme aux Parisiens raffinés.

Convenez-en, Monsieur, ceux dont la jeunesse a précédé la vôtre de quelque douze ans, n'avaient point connu ces affligeants spectacles. De leur temps, il était permis à un poète de faire le voyage d'Athènes sans être grotesque. On pouvait applaudir la *Ciguë,* et il me souvient qu'au milieu du tumulte et des cris d'une révolution, nous vîmes jouer à l'Odéon la *Fille d'Eschyle,* cette noble étude par qui fut improvisée la réputation de votre compatriote Joseph Autran. — Je dis votre compatriote car il est comme vous un enfant de la Provence, de cette Provence qui est doublement fière d'avoir donné le jour à M. Thiers et à l'ami fidèle, à l'historien illustre qu'il nous a laissé en mourant comme une partie de lui-même.

Il me reste bien peu de chose à dire après vous, Monsieur, sur la vie et les ouvrages de votre prédécesseur, sur ce charmant poète dont tous les sentiments furent généreux, qui a célébré les dévouements obscurs du soldat, qui a chanté les laboureurs et les matelots, les travailleurs de la terre et les travailleurs de la mer, qui a exalté les humbles, enfin, et qui a voulu sur sa tombe une inscription si touchante.

Vous nous l'avez dit, Monsieur, Joseph Autran eut les commencements les plus difficiles, une jeunesse éprouvée. Dès l'enfance, il se sentit la passion de la mer, non pas une passion d'aventurier, mais une passion de contemplateur, et il l'aima toujours, quoique son père eût failli bien des fois y perdre la vie, et qu'il y eût finalement perdu tout son bien. Comment lui vint la fortune, vous l'avez raconté.

Du jour où M. Autran devint riche, on put voir quelle était la délicatesse de son cœur. Peu de temps auparavant, il avait connu à Marseille une jeune veuve, aimable et distinguée, qui était riche elle-même. Une pièce de vers, qu'elle avait composée pour être lue dans une fête de bienfaisance, fut soumise à M. Autran qui trouva les vers bien tournés et dignes des honneurs de la lecture en public. De cette relation, créée par la poésie, naquit la pensée d'un mariage ; mais le poète, qui était pauvre encore, ne voulut à aucun prix qu'on pût soupçonner son inclination de n'être pas absolument désintéressée. On juge quel fut son bonheur, lorsqu'il recueillit la succession de son oncle, de pouvoir désormais, sans scrupule aucun, avouer sa tendresse.

La fortune ne fut pas aveugle, cette fois ; et, loin de tarir la source des inspirations du poète, elle fit voir qu'il ne faut pas, comme vous dites, décourager les oncles qui voudraient tester en faveur d'un neveu, même atteint du fléau de la tragédie.

Ce qu'il était dans ses poèmes, Joseph Autran l'a été dans sa vie. Une raillerie sans amertume s'associait en lui avec la parfaite bonté des sentiments humains. On ne s'étonnera pas, du reste, qu'il n'y ait jamais eu un trait méchant, une cruauté dans ses satires, maintenant que l'on sait quel cœur il avait, combien il était ingénieux dans sa générosité, avec quelle délicatesse il soulageait l'infortune, à l'insu de tout le monde, à l'insu même de sa main gauche. C'est une fatalité, que Gérard de Nerval, dans les derniers jours de son affreux désespoir, n'ait pas été connu d'Autran. Sa détresse eût inspiré au poète quelque chose de plus que ce sonnet, où il appelle Gérard

Le Vasco de Gama du pays de Bohème.

Tout à coup, dans Paris, au coin le plus perdu,
Au fond d'une ruelle étroite, obscure, immonde,
Par un matin d'hiver, on le trouva pendu.
Ah ! pourquoi cette fin, pauvre âme vagabonde ?
Peut-être le rêveur, s'il avait attendu,
Eût payé son auberge en découvrant un monde.

Combien d'excellents morceaux furent écrits par Autran, alors qu'il avait acquis le droit de ne rien faire : sonnets capricieux, histoires de village, *Amaryllis*, et les *Laboureurs* et les *Roulements de tambour!* Avec quelle grâce il redisait, dans la *Vie rurale*, les chansons des bouvreuils et des pinsons, tout ce qui se raconte dans les branches, tout ce qu'Aristophane avait entendu dire aux oiseaux, et ce que pense Margot lorsqu'elle passe seule avec son mouton, le long des futaies, et ce que sentent les amoureux, lorsque, sous les troènes, ils tournent sans fin les feuillets du même livre, et qu'un vent tiède en couvre de fleurs toutes les pages ! La saine odeur des foins, la senteur des bois s'exhalent de cette poésie que je dirais buissonnière, et qui est crayonnée en pleine campagne, quand la terre est en fleurs, ou que les moissons mûrissent ou que les arbres s'effeuillent ! Que d'amitié aussi, que d'esprit et de bonne humeur dans les *Épîtres rustiques*, adressées à des amis de cœur et de pensée : Victor de Laprade, Alexandre Dumas fils, Edmond Texier, Gustave Ricard !

De l'esprit, Joseph Autran en avait comme en ont

les Marseillais les plus fins, et c'est beaucoup dire :
mais son esprit était grec d'origine, tempéré par le goût,
et retenu dans son élan par une distinction naturelle.
Lui qui avait tant de fois causé avec les mariniers du
port, qui avait tant de fois entendu les propos salés
des gens de mer, il ne fit jamais que des plaisanteries
fines, légères, et d'un homme qui sait le monde. Ses
saillies humoristiques étaient toujours accompagnées
d'une certaine grâce. Il en apprêtait, il en ciselait la
forme; et, quand sa poésie s'essayait avec abandon au
style épistolaire, il en relevait la familiarité par l'élégance du tour. Il écrit à un ami pour l'inviter à venir en Provence, sous prétexte que la belle saison s'y
attarde :

> En vain du Nord l'été s'enfuit;
> Dans nos vallons, ce soir encore,
> Les vents sont doux ; l'horizon luit,
> Et le soleil qui le colore
> Attache son bonnet de nuit
> Avec les rubans de l'aurore.

Ce fut aussi après son mariage que Joseph Autran écrivit
ses *Poèmes de la mer*, que vous regardez avec raison comme
la plus belle partie de son œuvre, et qui en est la plus ori-
ginale. Fille de la Méditerranée, sa poésie en sort, tantôt
mutine, riante et folâtre, tantôt émue, attristée et comme
ruisselante des pleurs de sa mère, mais toujours tendre, et
facilement touchée des angoisses, des douleurs et des malheurs dont se compose, entre deux accalmies, la vie ora-
geuse du marin. Il trouve, pour peindre ces angoisses,
des accents qui vont au cœur. Un jour, il entend le chant

plaintif des matelots lorsqu'ils tirent lentement la longue
et lourde chaîne de l'ancre qui mord le sable, et il écrit :

> Je comprends, matelots, pourquoi ce chant est triste,
> Et je comprends aussi pourquoi l'ancre résiste ;
> Ah ! c'est qu'elle s'accroche à tout le cœur humain,
> Au tranquille rivage, à la vieille demeure,
> A l'épouse, au berceau de quelque enfant qui pleure
> Et qui la tient encor dans sa petite main.

Il est regrettable, Monsieur, que ni vous ni moi n'ayons
pu, dans une cérémonie où la politesse nous interdit les
trop longs discours, nous donner le plaisir de citer à l'au-
ditoire quelques-uns de ces petits poèmes de M. Autran,
dans lesquels il a montré un talent si varié, si souple, en y
mettant tour à tour une grâce piquante, du sel attique, de
la mélancolie, de la gaieté, de la désinvolture, et qui
n'étaient livrés à l'impression que finis avec soin, travaillés
avec amour, comme le sont les joyaux littéraires par les
orfèvres du style. Je ne saurais pourtant me défendre de
rappeler ici un sonnet qui, adressé à Théophile Gautier,
ne pouvait pas ne pas avoir du montant :

> Quand, aux beaux jours passés de la jeunesse folle,
> En costume galant tu sortais le matin ;
> Quand tu portais la fraise et la cape espagnole,
> Avec tes longs cheveux tombant sur le satin ;
>
> La dague au poing, le pied dans une botte molle,
> Quand, à peine affranchi du grec et du latin,
> Tu cassais à grand bruit les vitres de l'école,
> Et riais de Boileau comme d'un philistin ;

Fier comme un paladin, et joyeux comme un page,
Aux beaux soirs d'*Hernani* quand tu faisais tapage ;
Quand le mot de *classique* inspirait ton effroi,

Tu ne te doutais pas qu'un jour tu devais l'être;
Car si ce mot veut dire un modèle, un vrai maître,
Tu seras, cher Gautier, classique malgré toi.

Joseph Autran a-t-il été, dans la force du terme, un auteur dramatique ? Vous en doutez, Monsieur, et il est permis de croire qu'il partageait vos doutes à cet égard, puisque, après le succès éclatant de son premier ouvrage au théâtre, il n'osa plus tenter l'aventure. Il fit pour la scène ce qu'il fait pour la mer, qu'il a regardée du rivage sans monter sur aucun navire. Il répugnait d'ailleurs à sa nature contemplative d'affronter les ballottements, les cahots, les orages de la vie et de la littérature dramatiques. Il n'était pas homme à nouer de fortes intrigues, à multiplier les incidents qui font haleter le spectateur, à conduire une action avec entrain et, au besoin, à la précipiter. Mais il eût excellé, en revanche, à composer, pour un public lettré et choisi, de ces comédies de société qui admettent, qui demandent même une certaine coquetterie de langage, des traits finement aiguisés, et dans lesquelles, le dirai-je? un peu de manière ne messied point. Les *Noces de Thétis* sont un joli modèle du genre, une comédie qu'on aurait pu représenter dans les salons de l'Olympe, avec la permission de Jupiter, qui lui-même y eût joué son rôle.

La comédie, telle que vous la maniez, Monsieur, telle que la manient les auteurs qui sont aujourd'hui vos parrains et vos confrères, la comédie aux péripéties touchantes et imprévues, au rire intermittent, la comédie moderne, enfin, où le poète compromet son cœur, celle-là n'était pas faite pour Autran. Son bonheur était de respirer l'air pur des champs, l'air salin de la mer, et de dire, en vers heureux, tout ce qui avait ému son âme délicate, tranquille et tendre, son âme, qui trouvait, comme dit Montaigne, « de la friandise au giron même de la mélancolie ».

Un de ces derniers jours, comme j'achevais la lecture des *Poèmes de la Mer*, je tombai peu à peu dans une de ces rêveries que procure quelquefois la continuité d'une longue attention, et qui sont comme les songes de l'homme éveillé. Reporté par des souvenirs d'enfance au fond de cette petite baie de la Méditerranée, où s'abrite Marseille, je me figurais que la muse antique de la comédie venait d'être apportée sur le rivage de la ville grecque, par ces mêmes flots qui jadis y avaient jeté les Phocéens d'Ionie. Sur la grève se promenait, murmurant une invocation, celui à qui la mer avait inspiré le drame homérique du *Cyclope* et les *Noces de Thétis*. Et la muse lui disait : « Vous m'invoquez toujours, ô poètes, comme au temps de Cratinus et d'Eupolis... mais quel changement s'est opéré dans le génie des peuples et dans le culte que me rendaient les poètes d'Athènes, lorsqu'ils venaient m'implorer sur la plus haute montagne de la Phocide ! Quelle différence, de ce théâtre de Bacchus, où l'on entendait, sur la scène comique, des railleries qui sifflaient et mordaient comme des serpents, des invectives orgiaques, quelquefois des ironies homicides... quelle différence de ce théâtre à celui où vous polissez vos épigrammes, où vos allusions s'enveloppent, où l'imagination dramatique a perdu ses audaces, et la satire ses lanières ! Au commencement, le souffle qui animait la tragédie venait du sanctuaire, et la comédie elle-même naquit d'une sorte de fermentation bachique, d'un enthousiasme à demi religieux. Ses sarcasmes, ses ivresses eurent quelque chose de ce rire sacré qui retentissait dans la célébration des mystères. Aristophane en entendit les derniers éclats ; Ménandre n'en recueillit qu'un écho lointain ; le doux Térence ne le connut point, et votre grand poète gaulois l'a humanisé pour toujours... Maintenant, le rire n'a plus ses franchises dans vos cœurs. Il est mêlé de tristesse, il est entrecoupé de sanglots. Je vois bien qu'à vos âmes troublées, il faudra d'autres muses. Ni moi, ni mes sœurs, ni le Dieu qui nous mène, ne saurions exprimer, sur la lyre d'ivoire, les sentiments qui agitent l'humanité présente, qui agiteront l'humanité future, et qui déjà ont pénétré ses masses profondes... Je veux regagner mes montagnes ; je retourne aux anciens dieux... » Et la muse antique, faisant un signe d'adieu au poète, se précipita et disparut dans les flots amers.

Paris. — Typographie Firmin-Didot et Cie, rue Jacob, 56.